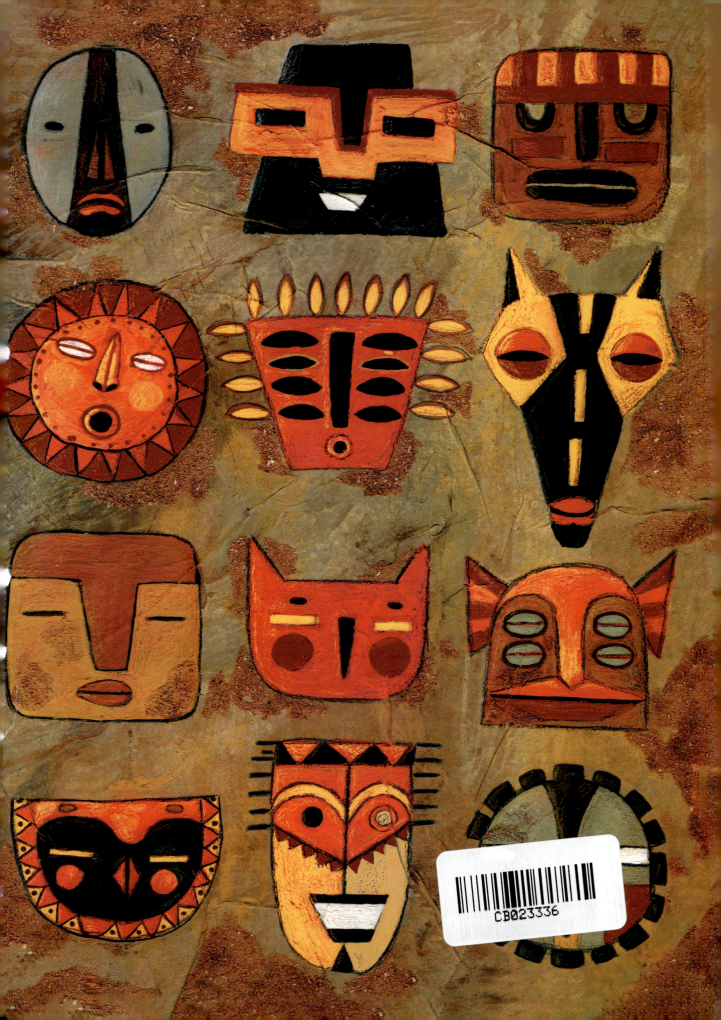

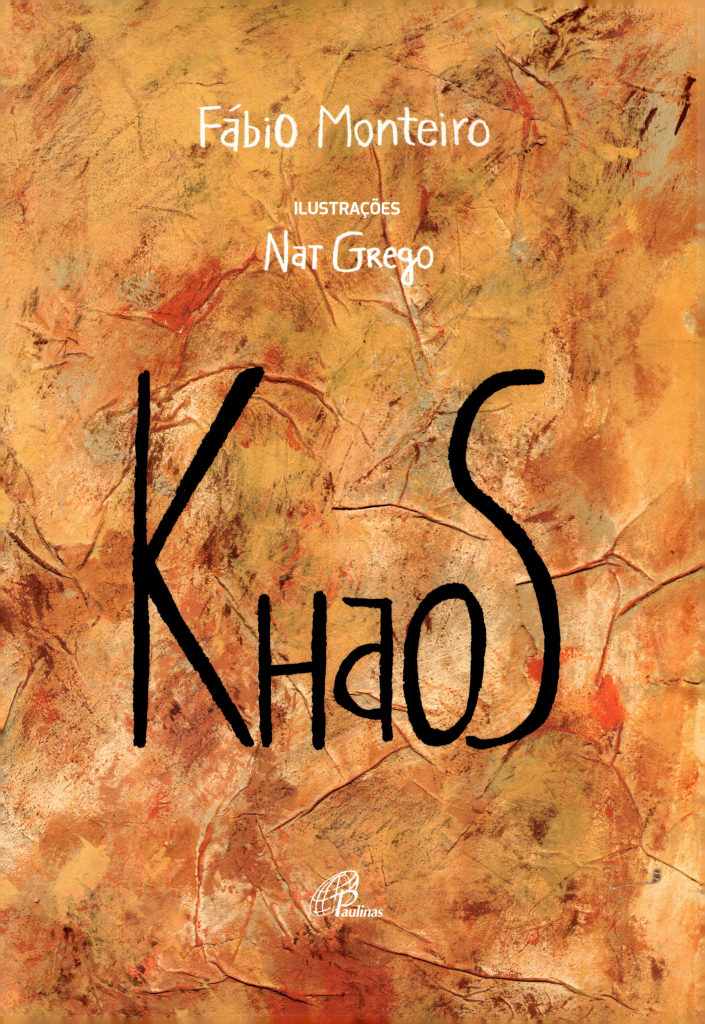

Dados Internacionais de Catalogação na Publicação (CIP)
Angélica Ilacqua CRB-8/7057

Monteiro, Fábio
 Khaos / Fábio Monteiro ; ilustrações de Nat Grego – São Paulo : Paulinas, 2023.
 48 p. (Coleção Espaço aberto)

 Bibliografia
 ISBN 978-65-5808-211-8

 1. Literatura infantojuvenil 2. Mitologia – Literatura infantojuvenil I. Título II. Grego, Nat III. Série.

23-0083   CDD-028.5

Índices para catálogo sistemático:
1. Literatura infantojuvenil

1ª edição – 2023

Direção-geral: *Ágda França*
Editora responsável: *Andréia Schweitzer*
Assistente de edição: *Fabíola Medeiros*
Copidesque: *Ana Cecilia Mari*
Coordenação de revisão: *Marina Mendonça*
Revisão: *Sandra Sinzato e Mônica Elaine G. S. da Costa*
Gerente de produção: *Felício Calegaro Neto*
Produção de arte: *Telma Custódio*

Nenhuma parte desta obra pode ser reproduzida ou transmitida por qualquer forma e/ou quaisquer meios (eletrônico ou mecânico, incluindo fotocópia e gravação) ou arquivada em qualquer sistema ou banco de dados sem permissão escrita da Editora. Direitos reservados.

Paulinas
Rua Dona Inácia Uchoa, 62
04110-020 – São Paulo – SP (Brasil)
Tel.: (11) 2125-3500
http://www.paulinas.com.br
editora@paulinas.com.br
Telemarketing e SAC: 0800-7010081
© Pia Sociedade Filhas de São Paulo – São Paulo, 2023

Para os que esqueceram,
mas sempre serão lembrados.

Nos primórdios da humanidade, nasceu Khaos, menino esperto cuja fama era de semideus: uma metade humana e outra, com uma inclinação à natureza e seus muitos sentidos.

Ao longo de uma eternidade, sua comunidade esperava que ele realizasse prodígios, fizesse o rio transbordar, o ar dobrar em movimentos e o fogo se alastrar. No entanto, o menino nada fez, para não agravar os desequilíbrios ambientais previstos para o futuro.

Khaos evitou as certezas naturais atribuídas ao seu destino e pensou em novos significados para a ancestralidade do seu nome, escolha do pai e da mãe, afetos dados ao único filho. Afinal, encontrar sentido para a vida era um desafio que acelerava seus pensamentos e bagunçava suas ideias iniciais de existência para encontrar novos caminhos que apontassem tantas formas de existir. Eram muitas as possibilidades e ele gostava de muitas delas.

O menino contrariou a natureza da desordem
e decidiu não antecipar futuras tragédias.
Achou melhor acalmar seus impulsos
e aguardar o tempo certo de
cada acontecimento.

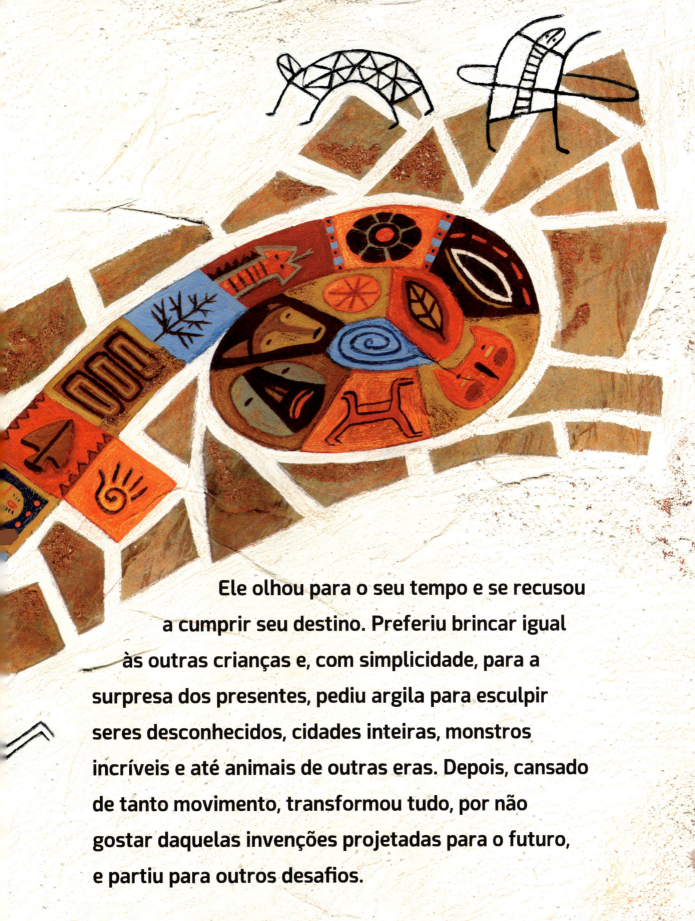

Ele olhou para o seu tempo e se recusou a cumprir seu destino. Preferiu brincar igual às outras crianças e, com simplicidade, para a surpresa dos presentes, pediu argila para esculpir seres desconhecidos, cidades inteiras, monstros incríveis e até animais de outras eras. Depois, cansado de tanto movimento, transformou tudo, por não gostar daquelas invenções projetadas para o futuro, e partiu para outros desafios.

Pintou cavernas inteiras com os maiores desejos da sua infância.

Caçou e pescou. Mas gostava mesmo era de nadar nos rios.

Pulou de um galho para outro em saltos ornamentais, únicos.

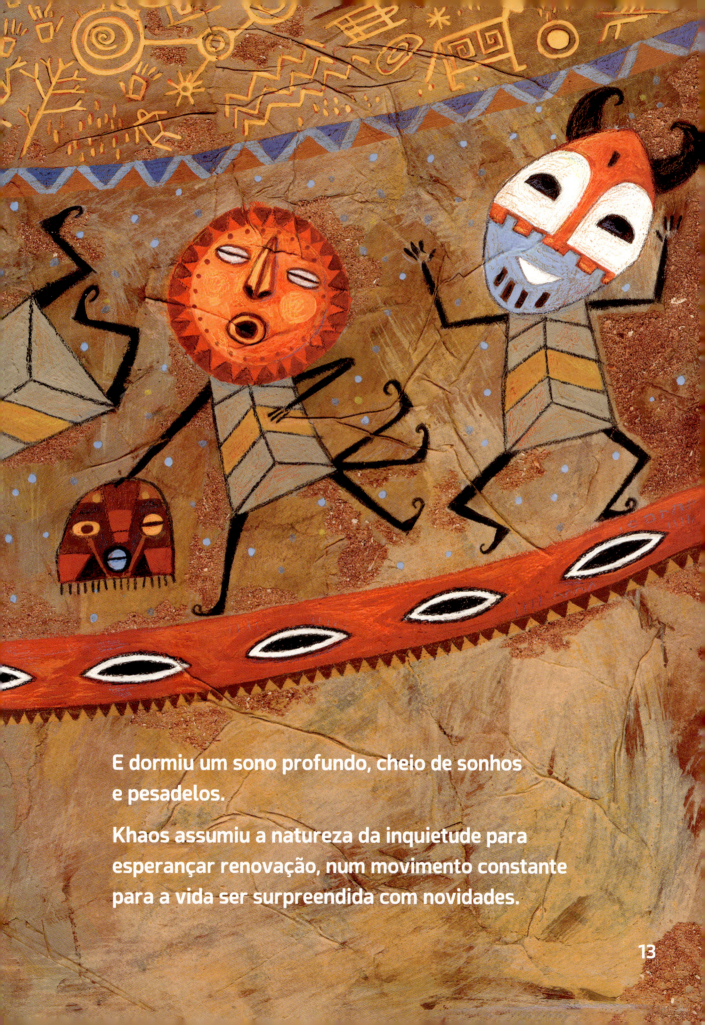

E dormiu um sono profundo, cheio de sonhos e pesadelos.

Khaos assumiu a natureza da inquietude para esperançar renovação, num movimento constante para a vida ser surpreendida com novidades.

Ao longo do tempo, contrariando a expectativa de sua gente, descobriu sua verdadeira inclinação. Naquele tempo não existia um nome, nem uma função de exercício eterno, nem mesmo um lugar certo para o trabalho, por isso aguardou o tempo certo da criação para depois dar significado à ação.

– Mãe, eu sou um escultor do tempo! Vou registrar o passado para contar a nossa gente como tudo começou.

Como tinha mania de juntar coisas escavadas pelo tempo, como lugares e pessoas que só cabiam dentro da sua cabeça, e outras tantas imaginações que eram maiores que seus desenhos e palavras, nomeou essa ação de "memória". Mas não definiu uma única importância nem um lugar para aprender ou encontrar o brilho das suas lembranças.

– Cada um terá o seu relicário – Khaos afirmou e a mãe assentiu.

Naquela tarde, juntou no seu quintal pedras lascadas de sílex, alguns ossos de capivaras e de tigres-dentes-de-sabre, para contemplar a passagem do tempo. No obscurantismo das cavernas, encantou-se com as sombras projetadas por fogueiras, que ele alimentava com folhas e gravetos secos, e gravou nas paredes suas sensações com ícones e símbolos que lembravam sonhos.

Pela mania de recolher tudo o que os outros jogavam fora por desprendimento, e pelo seu jeito de documentar o improvável – também guardava folhas de velhas estações, metais fundidos em diversos lugares e artefatos desenterrados nas suas escavações –, ganhou fama, entre os tão pequenos quanto ele, por acumular ossos de mamutes já extintos, pontas de lanças, flechas e dardos de diferentes culturas encontrados no território. Aproveitava tudo para ensaiar os primeiros esboços de códigos escritos de futuras línguas e, também, fazer os rabiscos de desenhos de lutas e caças nas paredes rústicas. Quem sabe um dia isso tudo viraria outras histórias?

O menino cresceu e, para a diversão de adultos e crianças, contava histórias com gestos e danças reveladores de sentimentos profundos, atento às suas emoções e reconhecedor da importância daqueles movimentos. Era um guardião de muitas danças, cantos e mitos.

A transgressão de Khaos era não deixar que as histórias tivessem apagamento, ficassem soltas no ar e sem ouvido atento, com final solitário e perdidas no lugar. Na contradição do seu nome, protegia o passado para contar à futura humanidade.

Apesar da beleza com que ele encarava sua missão, a vocação de tudo lembrar não era de origem familiar. Com o passar do tempo, a mãe começou a se esquecer das experiências mais recentes.

O silêncio de Dona Dondô era um universo de coisas vividas num peito vazio de lembranças. A comida na fogueira queimava e ela, vidrada no fogo lento dos galhos, sibilava cânticos míticos descompassados e desatentos, congelados no tempo. Não se lembrava do ontem nem do hoje. Nem sabia se tinha tempo para o futuro. Parada, olhava a paisagem já desconhecida. Parada, ficava com ela mesma, e o tempo passava sem caminho previsto. Já não acompanhava a direção do vento, não reconhecia vizinhos e parentes. Esquecera o amor infinito que tinha vivido com o pai da sua criação, num tempo que fora só seu, num lugar também esquecido por ela.

Já o amor de Khaos por sua mãe era inesquecível.

Compreendia as diversas vezes em que ela esquecia seus traços de filho e até quando perguntava por si mesma aos que partiram, como se ela própria também não estivesse mais por ali.

Nesse tempo já não conseguia pronunciar o nome dele e o confundia com Cacau, uma alga inerte de tempos ainda mais longínquos, ou Zuzu, uma vizinha incomum, um pouco gente, um tanto, não. Em outros dias, Khaos era Jô, Pê, Zé e tantos outros e tantos nomes que o menino até se acostumou a ter vários, menos o nome herdado do pai.

– Ele voltará... – ela evocava de tempos em tempos, com intervalos de muitos silêncios.

Khaos contava histórias para sua mãe, mostrando as relíquias guardadas havia anos. Desenhos rabiscados nas folhas secas quando ainda pequeno, os primeiros ossos com que brincara quando maior, os carrinhos de pedras e galhos que ela mesma montara artesanalmente. E tinha a sensação de que os olhos de sua mãe brilhavam pela surpresa do reencontro com ele.

– Mãe, aqui você era pequena, ali, a pele morena, e naquela, o coração todo esperança; cabelos longos, brisa balançando as ideias, campo coberto de um mato de pronta felicidade.

E continuava brincando com as imagens construídas na imensidão de um universo sem fim. Dona Dondô balançava lentamente o queixo para cima e para baixo. Depois, fechava os olhos, como se quisesse pensar ouvindo silêncios.

– Saudade, mãe? – perguntava, para nada
ouvir em resposta.

Ela apenas esboçava um breve sorriso e
entreabria os olhos, só para ter certeza
de que ele ainda a olhava. Aos poucos se
aconchegava nos sonhos, enquanto o menino
preparava seu arsenal de lembranças
para um novo dia.

Brincar com o sol,
correr contra o tempo,
vestir-se de noite e dormir
um sono profundo.
Tudo de novo, tudo de novo...
Era tempo que andava e retornava.
E cada dia novo era esperança
de lembrança dos outros.

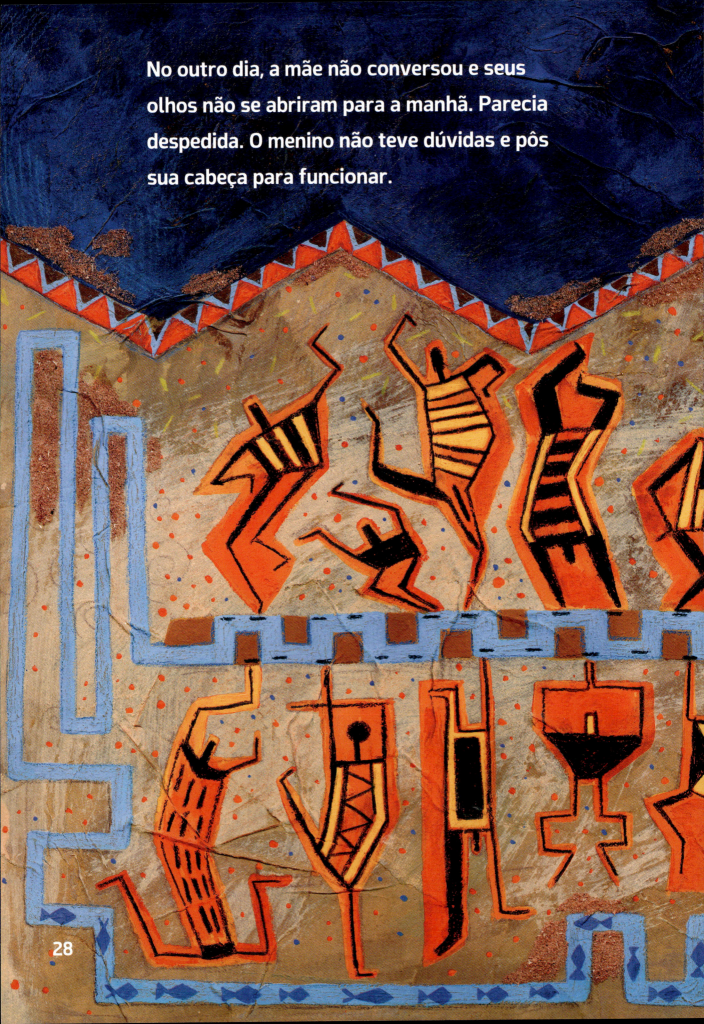

No outro dia, a mãe não conversou e seus olhos não se abriram para a manhã. Parecia despedida. O menino não teve dúvidas e pôs sua cabeça para funcionar.

Já que ela não queria ver, pensou que era hora de ouvir as lembranças. Sacou uma coisinha pequenininha de madeira, daquelas que mal cabem nas mãos miúdas de criança, e fez de surpresa acendê-la em criação.

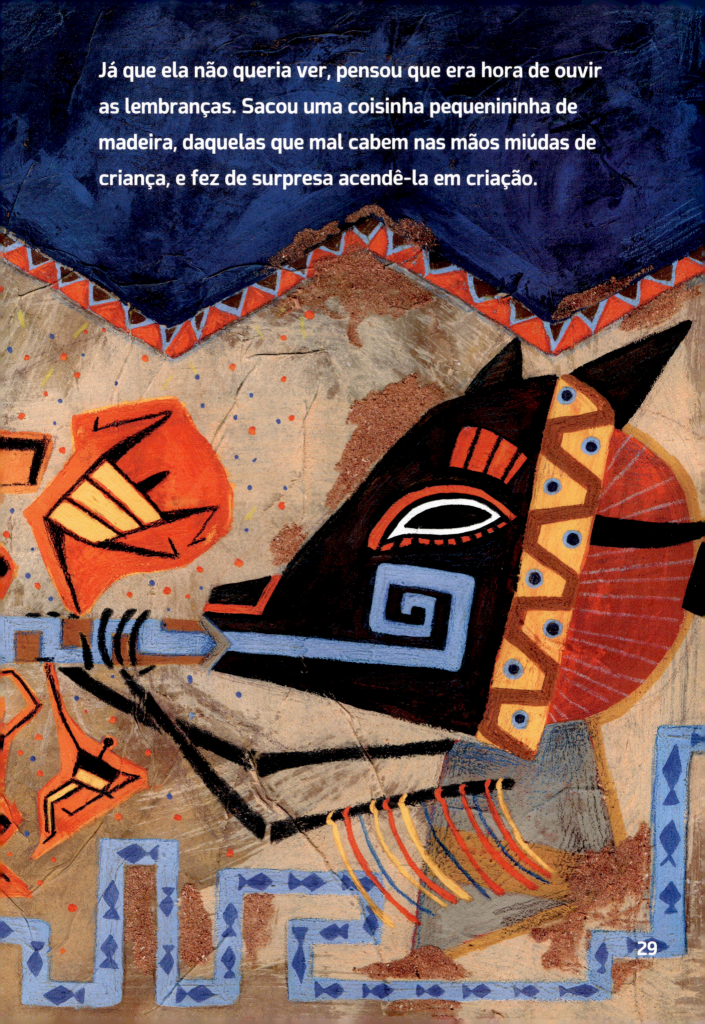

Khaos reuniu graves e agudos, criou melodia minimalista para embalar sonho e vida, soprou sua emoção em ventos melodiosos que acompanharam o toque suave das doces lembranças de Dona Dondô.

Pé em ponta, dobrou o joelho, saltou! E aproveitou para ensaiar o balançar do corpo, desafiando a gravidade. Elástico, equilibrou-se com a ponta de seu pé direito no chão e fez disso... criação de música e movimento.

A mãe só admirava.

Ela levantou uma das mãos com leveza de sopro.

Dona Dondô tinha ar de felicidade e cansaço. Em agradecimento, balbuciou alguns sons para o menino, que havia anos não escutava o timbre de sua voz, e ele retribuiu o afeto:

– Mãe, um dia iremos dançar no mar.

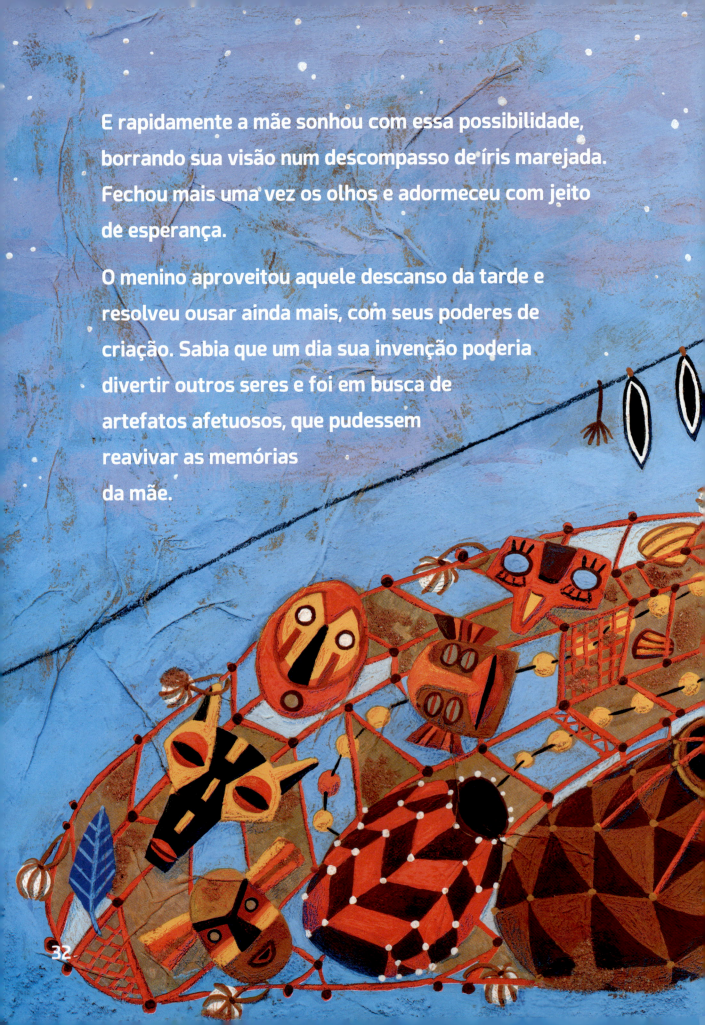

E rapidamente a mãe sonhou com essa possibilidade, borrando sua visão num descompasso de íris marejada. Fechou mais uma vez os olhos e adormeceu com jeito de esperança.

O menino aproveitou aquele descanso da tarde e resolveu ousar ainda mais, com seus poderes de criação. Sabia que um dia sua invenção poderia divertir outros seres e foi em busca de artefatos afetuosos, que pudessem reavivar as memórias da mãe.

Primeiro foi a uma pequena gruta de pedras coloridas e recolheu vestígios de passagem e enfeites – pedrarias, conchas, sementes diversas, fibras vegetais. Enfeitaria a mãe com colares especiais, como outrora seu pai fizera em dias festivos. Na região havia muitos sambaquis, sementes de diversas formas e cores, mas preferia cristais de quartzo para brilhar os olhos da mãe.

Depois, no local em que se descansa da vida, reconheceu nas mudanças da coloração do solo as passagens dos seus antepassados, algumas pontas de lanças utilizadas nos inúmeros bisões capturados e alguns restos de fogueiras, lembranças dos dias frios.

No fim do dia, cavou o quintal para descobrir escombros de antigas construções de morada e lembrou-se do tempo em que brincava ali entre árvores e imaginações.

Por último, colheu algumas breves palavras dos moradores para saber sobre as suas suspeitas e incompreensões. Descobriu um pouco mais sobre a origem da vida e preferiu guardar para depois a descoberta de outros segredos. Eram muitas espécies de humanos convivendo num só lugar, e isso alertava para diferentes formas de viver, pensar, uma incrível diversidade de povos.

Khaos resolveu reunir todos aqueles registros do passado num único presente para sua mãe. E, mais uma vez, usou seus poderes de semideus para soprar algo inesperado, cheio de musicalidade. Projetou as imagens em movimento como se fosse um sonho. As sombras pareciam emitir sons ao acenderem histórias nas paredes da caverna mais antiga da região. Aquilo seria a sua mais incrível criação!

Rapidamente a notícia se espalhou. Afinal, nada mais comum àquele tempo que as histórias contadas de boca em boca. A comunidade reagiu com festa e surpresa àquela instalação com desenhos dançantes nas fissuras da caverna. A luz penetrante acordava morcegos, que bailavam sobre as cabeças dos convidados. Das estalactites iluminadas ao breu da zona mais afótica, escutavam-se sons diversos e simultâneos, que surpreendiam e encantavam a toda gente como num grande espetáculo jamais visto naquele tempo.

Era fantástico observar as imagens nas paredes irregulares. Viam-se povos de olhos pequenos e pele amarelada navegando por passagens entre oceanos, desviando-se de blocos congelados e terras inóspitas, que depois se chamariam Sibéria e Alasca. Homens gritavam para mulheres e crianças que se apressassem para a nova terra conquistada, e sorriam encantados com a possibilidade de novos sonhos num novo mundo.

Rapidamente o cenário se modificou numa outra rocha e todos ficaram surpresos com as novidades apresentadas por novas projeções. Povos de pele escura e lábios grossos empurravam suas embarcações rudimentares, desbravando os oceanos por outras rotas de chegada àquele mesmo lugar, que no futuro se chamaria América. Destemidos como os grandes aventureiros, ocupavam vários pontos do continente. Eram fisicamente muito diferentes dos outros povos, mas com a mesma coragem e esperança de tantos que migraram na busca por alimento e abrigo, desafiando os perigos da natureza, conquistando um novo território para uma nova experiência.

Essa era a história daqueles povos, vindos de lugares distantes e que se encontravam para celebrar a vida. E lá estavam os ancestrais de Dona Dondô, desbravando o novo tempo em um novo continente, e ela sorria com todos os sons e movimentos que as imagens provocavam nas suas lembranças.

Daquele dia em diante, muitos frequentariam aquele sítio encantado por tantas histórias para alimentar suas vidas com os vestígios da passagem pelo mundo, e levariam consigo um pouco de Dona Dondô e de Khaos, num sem-fim de muitas memórias. E ambos sobreviveriam e reapareceriam ao longo do tempo ao terem suas histórias contadas para as novas gerações em muitas versões: da fantasia ao fato, do acontecido ao inventado, nas verdades e imaginações.

Sobre encontrar uma história para contar, por
Fábio Monteiro

Escavar o meu quintal para encontrar coisas que se escondiam embaixo do solo era brincadeira da infância. Nele, encontrei moedas de outros tempos, pedras de diversas cores e formatos que jurava serem preciosas, pequenos esqueletos de animais, até uma estrutura de um antigo quarto derrubado, que fez relembrar outras histórias; porém, às vezes, a brincadeira era enterrar para acender a imaginação de que um dia alguém encontraria meus vestígios para reconstruir minha passagem pela Terra.

Será que é assim que nasce um cientista? No exercício curioso de investigar e imaginar os achados descobertos de forma esperada ou

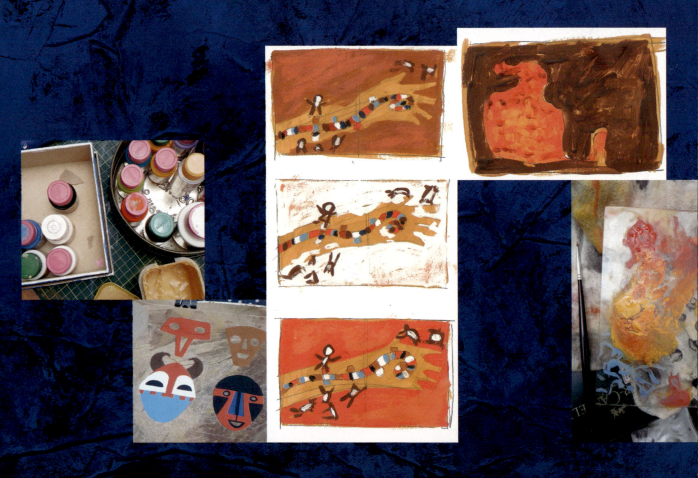

na sorte de esbarrar com um grande acontecimento? Ser criança é viver nessa incrível aventura de descavar novidades e deixar marcas de sua existência com rastro de suas experiências. Mas as crianças crescem e viram cientistas de verdade e estudam para além dos seus quintais, outros tantos que chamamos de campos de pesquisa, sítios arqueológicos, laboratórios com muitos experimentos.

No meu caso, a minha curiosidade levou-me para o estudo da História e posteriormente para a reinvenção dela em outras histórias literárias. Brinco como um equilibrista entre narrativas verdadeiras e histórias inventadas, que também se tornam verdadeiras quando nascem nos livros. Mas as histórias reais trazem métodos de investigação rigorosos e muita imaginação dos pesquisadores, afinal, a História é quase um quebra-cabeça com muitas peças,

algumas descobertas por eles e outras que continuam submersas ou escondidas em lugares difíceis de acessar.

Como será que alguém aprende a desvendar as origens humanas, a evolução das espécies, as migrações de povos originários da África ou da Ásia, que ocuparam todas as geografias do planeta Terra, o estudo arqueológico de formas de existir e resistir ao tempo para estudar, por meio de vestígios, construções, fogueiras, fósseis, urnas funerárias, nossos ancestrais? E para nós, simples mortais que ocupamos este tempo, qual a importância de reconhecermos, na Pré-História do nosso continente, a maneira humana de evoluir, ser e marcar com nossa existência um tempo histórico?

Khaos é uma história inventada, com muitos dados escavados em livros lidos, imagens estudadas, investigações em artigos científicos, misturados no liquidificador da imaginação. Nada e tudo é real num texto literário, tudo e nada é absoluto numa escrita histórica. Para viajar nesta história, o leitor poderá entrar na brincadeira de também ser um investigador dos mitos, das histórias das viagens pré-históricas, das diversas referências ao estudo dos sítios arqueológicos e dos respiros das personagens inventadas.

Cabem algumas pistas para desvendar os mistérios que surgem nesta narrativa. As pinturas rupestres existem em muitos lugares do Brasil e do mundo, desvelando um tanto de elementos mágicos, outro de registros da passagem humana no território, expectativas de realização dos seus sonhos, histórias criadas para contar à comunidade, desejos projetados para o futuro. E as cavernas? Seriam lugar de refúgio, abrigo para evitar perigos, morada para acolher os encontros no caos ou com Khaos?

Nem sempre temos respostas para todas as perguntas que fazemos, mas é sempre importante fazer muitas perguntas para os cientistas e para a ciência.

Eu invento. Invento a partir das histórias que circulam de boca em boca, cavadas nas minhas memórias e naquilo que imagino ter acontecido nos sítios arqueológicos, nos rastros deixados nas rochas com os pigmentos naturais e gravuras riscadas com lascas de pedras, nos primeiros códigos escritos, nas histórias transformadas ao longo do tempo e em minhas criações fantasiosas, porque o mais importante disso tudo é que as histórias inventadas ou reais não podem ser esquecidas. A lembrança é o legado mais importante de nossa existência; existimos quando deixamos marcas de nossa passagem pela vida. Às vezes esquecemos da gente, do outro, da vida vivida, mas nunca todos esquecem de tudo e, assim, garante-se a ancestralidade.

O contraponto de todas as lembranças de Khaos é o esquecimento de Dona Dondô. Ela esquece e ele permanece acreditando que a fará lembrar-se. Assim é o amor: enquanto uma se afasta, o outro acolhe; enquanto uma esquece, o outro reafirma; enquanto uma falha, o outro ajusta; e desse modo fortalecem seu eterno afeto de filho e mãe, de mãe e filho, organizando tempo e memória, realidade e invenção.

Transito nesta história entre ciência e criação fictícia, movido pela vontade de convidar o leitor a brincar também com o exercício mágico de muitas sensações, sentidos, nas diversas maneiras de ler, cantar, desenhar, expressar, contar, dançar, musicalizar a arte, na parte mais radiante de cada indivíduo, na sua maneira singular e coletiva de humanização.

Sejamos, então, humanamente escavados pela vida, pela arte e pelas histórias.

Sou Fábio Monteiro, escavador de palavras e memórias. Nasci em Recife (PE) e foi lá que guardei as primeiras lembranças dos livros, das gentes, famílias e paisagens. Cursei História na Universidade Federal Rural de Pernambuco, mas gostava mesmo era das histórias do cotidiano, das conversas trazidas pelo vento, das lembranças de pessoas comuns que eu fazia questão de escutar todos os dias. Um dia, parti para São Paulo, onde aprendi a guardar outras lembranças: de saudade, de voz distante, de novos amigos, de alegrias e tristezas do dia a dia. Esqueci-me de algumas coisas da infância e, por isso, sempre volto a minha cidade natal para lembrá-las. Especializei-me em História, Sociedade e Cultura pela PUC-SP, e, como Professor de História, lembro-me sempre do prazer de escrever para a infância e juventude.

Sou Nat Grego, ilustradora, animadora e artista visual. Nasci em São José dos Campos, no interior de São Paulo, e em 2020 me formei em Cinema e Animação pela FAAP. Atualmente estudo o livro para a infância na pós-graduação da Casa Tombada, onde pesquiso sobre esse universo que tanto amo.

Khaos é um personagem pelo qual me apaixonei: uma criança que se manifesta em infinitas possibilidades e encanta a vida com histórias. Tão mítico e ao mesmo tempo tão terreno, Khaos, assim como nós, é repleto de dualidades, e isso me fascina. Ele me faz pensar na importância da memória, da infância, das imagens, dos sons, cheiros, movimentos e formas. Faz pensar como todos os povos foram essenciais para formar as histórias da humanidade e também como nosso presente – tão precioso! – só é possível por conta daqueles que vieram antes de nós. Cada pequeno passo conta. Espero que gostem dessas escavações tanto quanto eu!